ラプソディーとセレナーデ

鷺沢朱理歌集

短歌研究社

ラプソディーとセレナーデ　目次

第一楽章　Moderato grazioso, ma non troppo

第二楽章　Larghetto, tempo rubato

第三楽章　Presto energico e passionato

ラプソディーとセレナーデ

カバー装画　中村大三郎「ピアノ」
一九二六年　京都市美術館蔵

第一楽章　Moderato grazioso, ma non troppo

四曲一隻屛風「濃姫」

「国宝の玻璃割る美学」と追放の修復師われの末路わらふか

十余年美濃の御寺《みてら》の奥の院に闇を食ひつつ絵をなほしをり

信長の美濃攻めゐたる屛風より銀箔《はく》はがしみれば姫うかびたり

おさへきれずある夜化粧《けは》ひて濃姫の屏風と語れり姫は語れり

壱扇「輿入」

なして父よ尾張へゆけとおつしやるか黒柿のごときうつけの嫁に

泰西《たいせい》の真珠呑む女王の決意もてわれ火瑪瑙《ひめなう》を呑むが婚をす

短刀はふと軽くなる父の手が質とし生きんわが手くるみて

突く喉は父か夫かはたわれかその刃螺鈿の黒銀《こくぎん》に濡れ

花薄《はなすすき》その銀海に風たてば輿とふ空《くう》なる舟も止めたれ

弐扇「信長殿」

荒梅雨《あらつゆ》にはだけたる肩うち出して泥蹴り帰る人がわが夫《つま》

姫あざみ那古野城下に強く咲けどひとり尾張の美濃人やわれ

信長殿のうすき胸処《むなど》に寄する頬琥珀のごとく染まりゆくらん

参扇「父と兄」

弘治二年美濃に報あり父道三、兄義龍《よしたつ》に討たるるとあり

閉ぢ合はぬあにいもうとの黒蝶貝われて輝けと父よ言ひしか

折る枝を打ち交はす音のこぼれこぼれ花軍《はないくさ》せし子の日々も夢

夢に散るつらつら椿つらかりき黄泉も父兄《ちちあに》殺し合ふ見て

四扇「稲葉山城炎上」

無《む》弦琴《げんきん》野に朽ち果てて搔き鳴らす風いくたびも胸を野としき

身を裂くは嵐ぞ散れる風の刃のふとやはらかく笑む殿が姿《し》ぞ

桜爆発ののちの木立のまにまにも織田斎藤の散らす刃の花

紅蓮や紅蓮燃えて帰蝶は亡き父の山城たかく灰と散りたし

かなしみは伽羅《きやら》沈香《ぢんかう》のただよふに似て燃え果つる城の香に泣く

身をひきて生くるもよろし凌霄花《のうぜん》の花ちる永遠《とは》の屏風絵のなか

吹き荒れしひかりと花の交響ゆふと覚めみれば朝の静もり

絵筆散る床を踏みしめ部屋を出づ背後に屏風花落としたり

軸装三幅対「雪豹」

吾《われ》をもて宋国の画壇滅ぶといふ花鳥山水何を満たすや

磨《す》る墨や筆のはしりの先に顕《た》て絵絹白きに銀の霊峰

夢の印度《いんど》夢の吐蕃《とばん》のあひまには峰立ちそこに雪豹やゐん

掛け軸は三幅　豹の死と生を分かつがごとき吹雪山画《か》く

仔豹らは峰の真上のさらにうへのゼニスの青を雪崩《なだれ》前見し

雪山に滅びの時をまぬかれて雪豹はひとり峰をわたれり

胡の地まで行くかそこより伝はりし胡粉溶かすがごとき白豹《はくべう》

海底洛中洛外図屛風

真珠浮く海にディアナのひかり来《こ》よDiana Rossを聴きつつ描けば

海の芸妓きみ案内《あない》せよシェルピンク、シュリンプピンクまばゆきピアス

パウダーブルー、光の粉を溶きし水面《みづ》しばし見上げん海底《うなそこ》の途に

琴引と姫琴引が和して弾ずわだつみいろこの宮の泡だち

五百重波《いほへなみ》四時《しじ》寄るうみの水晶殿三年《みとせ》二人は遊ぶ一途に

海団扇《うみうちは》煽がせてゐる水族の女王サファイアの玉座につけり

滝なせる水玉垂れの垂簾《たれす》よりあまたうつくしき瑠璃鯛のむれ

薔薇羽太《ばらはた》は男なれども粧をして水のヴェールをサロメのごとく

鱏《えひ》といふは泳ぎも色も艶麗に黒扇に舞ふかぜのごとしも

みづの庭にひかりと游《あそ》ぶ烏賊《いか》のむれ水晶末のふでにて描く

パールサラダの桃いろ黄いろ碧いろ胸元かざり往き交へるひと

竜宮の雪花石膏《アラバスター》の塀を背に地上にも似てボロカサゴの家

青金の竜宮門のたきだしに職なき浪人鯵のむれが見ゆ

緑柱石と紅柱石が左右《さう》つづくわだつみいろこの宮の神殿

大理石《なめいし》のうみのテラスの波占《なみうら》の巫女夢かさご花蓑かさご

甕覗き藍の覗きよ深淵《アビス》よりひかりたづさへ浮きくる水母《くらげ》

青紙に掬はんとせしが透き落ちし花クラゲ目銀貨海月《くらげ》

九絵《くゑ》およぎ八色《やいろ》の藻咲き七宝の蝦蛄《しやこ》ゐる海も六つどきに暮る

ここあたりエリダヌス座の突端か天河石降るうみの塔の上

永徳知らぬ海の洛中洛外図　紅館《べにやかたがひ》貝なるホテル光りぬ

トパーズの海の裏路に恫喝し去りて血を拭く天狗《てんぐ》剝《はぎ》一人

羅の膜にねむる武鯛は寄りがたしもののふの眠りかく美しく

玉手箱製造工場ラインにてパートの沙魚《はぜ》らリボンの藻巻く

青年二人同衾図屏風

丁子色に黒み香れる肉体に亜麻油の太陽そそがせる友

友の背の褐色の洲にたまる汗潟くわが瀬へおち激《たぎ》つかも

肉を超えて描き出だすべき粗土《あらつち》の愛はげしきに凍てて素描は

描く筆に友をかさねて夜ごと夜ごと仕事場の隅に膠は乾く

恋ほしさよ口擦りの鳥名は交喙《いすか》　人間《ひと》も唇《くち》にてたがひを擦るを

夜の鏡見ることつらし薄き胸骨《ほねが》書きふでに写すあばらも

盛る肩に腕の硬さに夢はあるはなるるなかれ地を踏むなかれ

宵闇にふるへる手もて肉つかむ息きれぎれに君の名を呼び

友といふ言葉くるしく腕も胸もその固さなぜに夜々の夢圧す

焼かれ尽くす星の白さを思ひゐつ虚無より描き尽くすほかなし

空といふ青き皮膚すら冒しゆく悪しき肉腫となれ日蝕よ

連星に君遠くとも地上の夜一つかさなり見ゆるその夜は

ポルックスよその肩と胸のひろがりに荒ぶる星の青潭《せいたん》浴びよ

描くならば人に知らゆなこの絵図をたたむ屛風はいづこにか隠す

四曲一双屏風「夢葵《ゆめあふひ》」

絵師われの究《さが》す最期の筆先に応へよ『源氏』ひかり立たせて

夜にふかく麝香《じやかう》をこめし部屋ぬちに葵とふ名の屏風ただ塗る

絵のために娘《こ》を餓死させつその餓死の絵の烈なるを売りて今あり

水に散る翡翠《ひすい》のごとき瞳あり絵をうるませて何を叫ぶや

秋の嵐に山はけしきをたちかへて焦げつくまでの錦見するを

襖閉ぢて外《と》に降る雪の音のみをこの冬聞きしものかとぞ思ふ

もろこしの朱《あけ》の絵の具の成すがままに珊瑚潰しつひたすらに塗る

白群《びやくぐん》の絵の具溶くときあふれたり春、雪解けの水の匂ひが

ひかり強し柳の枝も戸に触れて我を春野に誘ふべく立つ

突如眼に激痛が走り走りくる光、幾万の矢の先なして

開く手の濃き汗徐々に冷えゆくに視界ぶれをり覆ふのみ眼を

描きかけの絵より女《をみな》の声すなり娘《こ》の声なして我を嗤へり

黒き月薄明の空に現はれて盲《めし》ひゆく眼に宿命《さだめ》とて浮く

散りもせぬ 緑《りよくげ》牙紅牙《こうげ》の花の御所にわれは居りなん夢にくづれて

この眼見えぬともまだ闇が見ゆ朔のごと光なくとも描き尽くさな

たち籠めて紫粉紅粉《しふんこうふん》わが部屋に燻《くゆ》りぬ指の痺れゆくまで

のばす手を立ちし屛風は抱かんと苦しみの我を誘ひ開けり

葵とふ死してはじめて微笑める 女《をみな》の腕は絵より垂れたり

荒れ狂ふ千の扇と火蛾《ひが》のなか我舞ふらしも「夢葵《ゆめあふひ》」にて

水に浸かる髪のごときを屛風より出せば金泥塗る筆のゆめ

夢のうちに沈めしむくろの娘《こ》と逢へば隠沼《こもりぬ》に咲く河骨《かうほね》の花

鈴の音やしやらら鳴りなん鳴りつづかん霞の奥の夢覚めてなほ

六曲一双屏風「六条御息所物語」

壱扇「きぬぎぬ」

明かしたし源氏のきみと白光《しらびか》る月夜琴弾き明かしたしと思ふ

御簾《みす》はらひ房に入り来る若き手の熱きに触れてもの狂ほしき

焔《ほむら》立つ源氏の君よわが背《せな》に熱くとどめよくちびるが痕

燈火《ともしび》はあらしに消えて吾《あ》をいだくこの美しき荒《あら》し男《を》若き

海よ波よ君とふ潮よ打ち寄せてきぬぎぬわが身虚《うつ》せ貝なる

弐扇「たまゆら」

玉響《たまゆら》のうつろふ月に恋をすとその空しさに君を待ちぬる

なほ想ふこころのうちをかき鳴らす琴の糸すぢ深雨《しんう》のごとき

君がため長くもがなとのばしし も乱すのみなる髪の今朝かな

庭の松に待つをかさねて眺めやれど葉風のきみは訪れもせず

忍ぶれば風に吹かるる蜘蛛の網《い》のひかりあつめてわが涙あり

参扇「生霊」

むらさきに暁《あかとき》降《くだ》つ雲の峰にうつろふきみのこころを見るは

くるしくて生きてこの身をたましひが彷徨ひ出づる夕立のとき

生きすだまあくがれ出づる心地して身がかろうなる殊に夜更けは

息の緒を止むる夢かもまざまざと手にのこれるは首のほそさよ

おぼろなる夢に入りしか藤いろのわがたましひのあり処《ど》教へよ

四扇「車争ひ」

一目見て源氏の君をわすれまし夢路にさそへ網代車《あじろぐるま》よ

簾より見れば花麗《くわれい》なくるまあり源氏の君の妻を乗すといふ

をのこらの車あらそふ声はしていそぎ帰るといふもむなしく

姿のみたらし川にひかりして我がかく濁る思ひせしとは

たましひを筆に呼び立て磨る墨に御うらみすると書けど返せず

伍扇「闇の鏡」

月白う満ちたり筆はひさかたの光る君来ぬうらみごと書く

雲はらふ月の扇は煌々と夜を長うせんひとり寝《ぬ》る夜を

葵とふ源氏のきみの妻の名を紙に燃やさば晴れんこころか

首に手をきつく巻きしめなまなまと脈止むる夢ふかく見しかな

わが憑きてくるしむ女人見てしからに闇の鏡と愛を怖るる

六扇「伊勢行」

空に楓《かへで》あふれてわれは火のごとく身を焼き焦がす想ひ絶ちけり

天に燃ゆる椛《もみぢ》一枝つかみとり散らしてしがな愛のかたみに

斎《いつき》終へ伊勢にゆくへの遠ければ尋ねなさるなこの恋の果て

神かけて五十鈴のかはの清き瀬に恋せじとてぞ浸す身あらん

いま雲は千紫万紅この峰を越えてゆくへを追はざるなきみ

第二楽章　Larghetto, tempo rubato

水に書く言葉

ハートとハート誰も揃はず職場にて〈神経衰弱〉しつつ日を終ふ

スクールは余暇と語源にあるものを塾営業とスクール容れず

『自省録』巻四にしてマルクスは褒められて光る宝石なしと

〈SAD〉略も鬱めく社会不安障害われの接客こはばる

幾枚もの鏡の中を生きるごとくたつた一枚を逃るるごとく

クレームを怖れて電話厭ふ日も市民嘆願の皇帝思ふ

水に書く言葉に似たるこの生をマルクス＝アウレリウスも生きしと想《も》へば

この夜中残業にてぞはや暮るる「書は諦めよ」と賢帝も書きし

すがる気持ち知り得ずあらば三十代愉しからんに精神科へ行く

期限切れの食パンなれど日をつなぐ一枚すらも食べずに働く

クッキーと水の食事に使はざる箸を置くなどどうかしてゐる

柔らかに書いてもみたがシャワー当て鏡に消しぬ「ぱわーはらすめんと」

むしろセネカの『怒りについて』を読むべきか人の威圧に震へる今は

抗鬱剤効かぬ日が来てますますを苺が傷むごとく肌搔く

決壊の雨の量とも言ふべきか上司にかけて電話を切れば

スタミナは蜘蛛の粘りの謂《いひ》なるにいま切れてわれは辞職を決す

慈雨浴びて

青竹のわれのこころをバキリ折る怒声の上司斧のごとしも

ＰＴＳＤフラッシュバックに怯えつつ受ける電話の五重敬語は

クレームは耳にのこりし水のやう誰か取つてと喚けずにゐる

鬱薬を捜すカバンの指先よはやくはやくと脈が伝へ来《く》

職辞めて人目気になりキコキコと竹が竹打つごとし会話は

笹の葉のすさぶ夕べに苦しみて音を追ひつつ庭に倒れ込む

庭の砂利搔きむしりつるわれがゐる笹の葉すべる風に苛立ち

耐へかねて雪垂《ゆきしづ》りする笹のうへにうつの重みの増すを見る日は

木にもあらぬ草にもあらぬうつ病者わが就職の笹の靡きよ

人の、笹の、ざゐざゐさわさわささやきがなべて非難のやうに聞こゆる

笹の葉はみなしたを向く木に交じり気を遣ひ木に隠れるごとく

クリニックに小さな竹が植ゑてある身の丈を生きよと言ふがごとくに

竹を《太気《たけ》》と読むしなやかさその強さ万葉仮名はセラピーに似る

祖父に代はり手に持つ鍬の重かれどこのリハビリは効くよと祖母は

慈雨浴びて竹の速度にわがうつは快をめざせよ一節一節《ひとふしひとふし》

水を得て赤きラディッシュふくらみぬ夢なり祖父と畑《はた》耕すは

季のあらぬ病者われにも年明けは来んよ飾りの熊笹を採る

病床のわれの手をとる祖母の手はくま笹めきてカサカサと鳴る

うつわれは畑に日に日に力得てふとき大根つくるまでになる

電車にもやうやく乗れてうつ晴れの駅のホームにそはそはとゐる

親しめばうつも友かな竹藪のみどりを走る車窓におもふ

花冷えの記

ぽつぽつは一歩一歩のなかにあるぽつぽつ咲けよ桜も吾《われ》も

さくらの季われは仕事を失ひて花冷えの中ひざまで凍る

おとうとは兄貴うつだと気づきくれて花の季節に父母と喧嘩す

過呼吸のわれはトイレに泣き叫ぶ背中をさする父母の手のあり

素食より過食へ移るうつ病のさくらケーキの四個を悔やむ

うつ病のリハビリにゆく公園に患者九人と桜花を眺む

さくら色の鬱の薬をまた今日ももらひて風のなかに立ちをり

行方不明願望いだきうろつけば夕闇桜せまり足止《と》む

座してをられぬこの病なれうろつけば桜は耳のうしろに咲かゆ

春の季の閉鎖病棟知らぬ間にうつろふものは桜から葉へ

祖父の畑《はた》をつたなき鍬でたがやせり桜すきこむ句など思《も》ひつつ

花を見でひたすら蜜柑に肥えをやるこころ病めども無心を友に

小松菜を播くのみなれど疲れひどくあまりに暑く陽に倒れ込む

青葉空翔けゆくとびのすこやかさ病のこころ晴るる日おもふ

うつなだめ雲の游《あそ》びを追ふ目には悠然として夏の鳶見ゆ

わが鳶よ翔《た》て熱風《いきれかぜ》ふくとてもちから雄々しく夏かけぬけよ

蓮咲くと明日を信じて歩み去る待つ夜へ向かふ夕暮の空

うれしくて我も涙す母とともにたつた一輪蓮花《はすばな》咲く日

蓮花がひらくがやうにうつ病も治るよといふ母の優しさ

松とりに祖母の手をとりゆく道のけはしかれども正月がため

松に雪散りぼふ彩《いろ》のあざやかさ今朝はうつすら気が晴れてゐる

百年の松の曲がりの似姿に曲がれ曲がれど吾《あ》も生きるべし

祖父の庭に小さな松が植ゑてあるいまその祖父は松より細く

宣告の余命のさきを生き継ぎし祖父にさくらは耀きを見す

祖父の眼に桜うつるをのぞみとしわれはつたなき介護をなせり

食べることできぬつらさを分かりかね祖父の胃瘻のチューブをはづす

心病みて意識なくししわれの手を祖母にぎりたり見おろす桜

引きこもる我に桜を見ようよと伸ばす枝かな祖母のかたき手

今朝さくら咲かぬと見えて明るめばくもり晴らして出よう外へと

鳶ヶ崎の二人

青藍の海を見たいといふ祖父の車椅子いつもわれが押すなり

潮風をその手に掬《すく》ひ飲むしぐさわれも真似して両手で飲みぬ

舞ふ鳶が潮のひかりをこぼしつつ風の彼方へ羽をひろげて

おほぞらに風のたまごが孵るまで夫婦の鳶は替はりてまもる

ここあたり鳶ヶ崎とふこの霄《そら》を愛する祖母は嫁《か》せし日語る

三河から尾張に嫁してこの海の七つの彩《いろ》に魅せられしとふ

二人してガリ版刷りし教師なり若かりし日の学級通信

四十年つとめて祖父は教へ子の千の想ひの写真を眺む

話すことできなくなりし祖父を見て一つ涙をこぼせり祖母は

おぢいちゃん介護資格をとつたよと告ぐるわが目に笑まひ返しぬ

ベッドへと胃瘻のパック運びつつかつての祖父の健啖想ふ

ごはんだよチューブに柔《やは》き冬の陽のひかりも混ぜて介護する日々

オレンジの薬満たしてシリンジを祖父の胃瘻のチューブにつなぐ

ひつぎにはわが書を容れよと幾枚も幾枚も字をわれとえらびぬ

教員を終へてすすむは書の道と千枚捨てて万枚書いて

祖父のごとハネに力を込めて書く癖あり鳶の飛翔にも似て

小さいなあわがハネを見て太筆をグッと重ねし教へは今も

みづからの手で書く書すら眺めやれぬ病の祖父は虚空を見つむ

書の道はわれが継がんと濃き墨をされど損ねてされどまた書く

たましひを筆に呼びたて磨《す》る墨に祖父よ癒えよと書けど書けども

母もまた祖父の娘かうす墨のさくら見たいと看病しつつ

幾年《いくとせ》も春を運びし風に告ぐ祖父にことしのさくら見せよと

苦雨《くう》降れりふたたび降れり松の葉のわが祖父の脚ほそりてゆくも

看護師も医師も今年の桜までいのちもたぬとその瞳《め》に言ひぬ

祖父の息わが知らぬ間に細くなり笹のちひさな音のごとしも

病室に入ることさへできなくて祖母は嗚咽すとびらを背にし

苦しまずトメのごとくに息終へて祖父は生とふ筆を収めぬ

天に向かふ祖父の手のひら握りしむ氷雲《ひうん》をつかむごとく冷たし

今はひとりひかりの梯子のぼるらん湧く雲よ祖父はあまりに小《ち》さし

鉦ひとつ海辺の町にきこえわたり潮に揉まれてやがて消えゆく

初日の出鳶ヶ崎より眺むるはこののちひとりと祖母はつぶやく

第三楽章　Presto energico e passionato

長谷川等伯　――没後四百年に寄せて――

第一部　狩野永徳へ　――「大徳寺三門金毛閣」

三十年は能登七尾にて絵仏師の細々とせる筆にて食ふに

法華の題きく山すそに決意して熱《いき》る黄の季にいづ本延寺

夢ふかくまだ巻き上げぬ玉だれの目指すは京のひかりの絵師よ

狩野永徳その連嶺の高嶺《たかね》より見下ろすわれを下界のわれを

ゆゆしきや隔つ空なき永徳の金屛の風ローマに起つは

玄にして麗《うらら》くれなゐ頻伽《びんが》ノ図　長谷川信春捨つるは今日《いま》

大作にみなぎる汗の京盆地秋とて熱し乾く絵ばしら

天正十八年八月八日　晴　ゑいとくかの事也。（中略）たいの屋のゑをはせ川と申者法印山口申付候めいわくのよしことはり申来候也。
（天正十八年八月八日、狩野永徳親子とその弟が来て、造営奉行前田玄以とその配下山口某が御所の対屋の絵を〈はせ川〉という者に申し付けて描かせようとしていることは迷惑だと断りに来た）

『晴豊公記』

神工と奉られし永徳のこれがすることか我が仕事盗《と》る

第二部　千利休へ　――『利休居士像』不審庵蔵

茶人千利休亦氏千名宗易、素与狩野氏不相好。而与等伯結交、合心相共譏狩野氏。

（茶人千利休もまた、もとより狩野家に好意をもっておらず、等伯と親交を結び、心を合わせて共に狩野家を謗ったりもした）

『本朝画史』

薄氷《うすらひ》を張るがごときの気とむかふ天正十九年正月の茶席

紅旗征戎吾ガ事ニ非ズ――か、と千宗匠こゑほそりゆく時雨ふる夕

廿八日、今日大雨降、カミなりなる。あられ大あられ也。

廿九日、宗ゑきと申者、天下一之茶之湯者ニて候つれ共、色々まいす仕候故御清はい（成敗）有し也。

『松梅院禅昌日記』

恩義の人よあなた様なくば我あらずさりとてわれの何を返すや

花をのみ待つひとのため死す宗匠　雪間の草の春見たかりけん

唐《から》にいはく白玉楼中きみ居らば黒玉庵中わが見まく欲る

第三部　長谷川久蔵へ　――『楓図』『桜図』壁貼付　智積院蔵

子の息は鶏《かけ》の垂尾《たりを》のみだれ尾のながながと夜をくるしみぬきぬ

呼気もとめ肺の赤濁《あかだ》み脹らみぬそのなまなましさを直視せよとて

力あらば黄泉《よみ》すら描くと筆を観て泣きつ笑へる久蔵あはれ

鶏頭は天つ火の花、死に揺れる子の顔照らす、天つ火のはな

花の調べ雲の響きよあえかなる声の終はりを追うてひろがれ

桜咲き楓散る間のかそけさを息子は生きて筆のこすのみ

嵐さへたつと見るかの静寂に萩ひとむらは散らず傾く

秋草の金の奏づる深叢《ふかむら》に立ちのぼりゆく子の光《かげ》を見ん

木犀に秋立ちぬべし垂れ込めてみづのまがりにいのち継ぐべし

第四部　雪舟・牧谿へ　――『松林図屛風』東京国立博物館蔵

雪舟が広量を似せるべからず、只いかにも真にそれぞれの様を写すべし。
和尚（牧谿）は玉を盤の上にまわすがごとくの自由なり。

『等伯画説』

時は厚くただそこにあり流るともほとばしるとも描きとめおかず

まぼろしは剝きてみるものうつろひは閉ぢてみるもの眼球《まなこ》ひとつに

吹きおろす峰より海に白き風すずりにふでを垂らしこむ時

雪の舟は長谷川《はせかは》わたり漕ぎ着かん松林いましうるほす春に

光ふくみ湿る冷たき気の界《うち》に松の影なきかげぞゆれをる

水墨に五彩ありとはいはずして一切ありと言ひつべらなれ

白妙にかすみはてぬる黒の如く明日なる常をまつことはなし

第五部　おのれへ　――『波濤図』　禅林寺蔵

我が筆は波間に深く香をひけり潮馴れてゆく墨の香を引く

生に生をぶつけ尽くせど巌《いはほ》なほ峨々たり天《そら》と海を裂きつつ

友なく子なく野心さへなく力なくかくなる生は他者の生たれ

摺ればいのち鉢のうちにぞひろがれりいかにか塗らん今日の深青《ふかあを》

大将軍家康公様お召し遊ばされ慶長十五年庚戌二月にお江戸へ参上致したれども、道中より煩い江戸着二日目その二月二十四日に行歳七十二にて死去、江戸にて円行院のお世話になり、遺骨は京の本法寺に葬る。

『仲家本長谷川家系譜』

軸装三幅対「淡路廃帝」

第四十七代淳仁天皇、諱は大炊。奈良時代の帝。孝謙天皇の譲位によって位につくも、恵美押勝（藤原仲麻呂）の乱を機に廃位。淡路島へと流される。

怨み描くに身はそそり立つ筆持ちて赤羅《あから》引く血に指も染まれり

軸装は三幅　帝《てい》の死とうらみ筆にこもりて彩《いろ》は飛び散る

孝謙上皇あやしき僧をたのみとす葉陰にふたり抱き合ふ描けり

下ろし髪ににたび女帝とのぼらんや寧楽《なら》のみやこを氷雲《ひぐも》おほひぬ

囲まれて泣き叫び乞ふ仲麻呂に謀られしとてみかど額づく

淡路へと永久《とは》に逢はじのみやこ背に大炊《おほひ》の帝《みかど》ふなべりに泣く

廃帝の配流のさきの淡路島白藍《しらあゐ》いろの海に浮かびぬ

淡路ゆく舟淡淡《あはあは》と描きすすむあまりに淡淡しくて痛めり

海松色《みるいろ》に見るは果てなき淡路島こころ穏やかならず来る波

仲麻呂の髪のひとふさ海に浸し筆作るなり潮の香のせる

逃亡後弑さるるかな淡路帝奈良のみやこの柳萌ゆ見ず

青丹《あをに》よしならのみやこは弑殺の退紅《あらぞめ》の血を浴びて黒むを

淡路とは泡の路《みち》なれぬばたまの墨に浮くその気泡か生は

軸装三幅対「黒百合図」

成政像に花の黒緋《くろあけ》点じゐつ佐々を絶やすその六輪を

磨《す》る墨やくろゆりの花の色のごといよよ濃くなるわが筆のさき

ひとすぢは絵筆にまじる黒髪の早百合姫なれの憂き身にも似て

くろゆりの魂《たま》まきしめて掛け軸はその散らまくを封ぜん永遠《とは》に

右の軸「早百合御召」

天正九年

頭《づ》してあれば飛花《とびはな》あらし吹くなかのいづれの人も殿と見紛ふ

猛くある武者らの奥にふと眉間張りをゆるめしその人に仕ふ

走りだして雪のふる里捨てし春昏れてゆくへを追はざるな父母

なづななづな撫づな花綵《はなづな》あみ冠るひとりのわれを撫づな花風

見わたせばふもと杉綾織りなしてむらむらかすむ夏の斑雪嶺《はだらね》

何事も変はらぬ世をと君に思ふ見れども飽かぬ立山のごと

かすかなれ笹葉銀蘭ささと吹きかぜにも夏の終はる音する

左の軸「さらさら越え」

天正十二年十二月。殿、徳川様に会はんがため、わづかの供引き連れ冬の立山越ゆべしと秘かに城を発てり。

明け方の悪しき夢見のさざれ波ひた寄せによせ身より溢れぬ
しな離る越中《ゑつなか》つ国背にひろげ行く人はあり雪荒れし間を
割れし空に龍蛇の雪のとめどなくわが主君打つ峠ザラあり

祈りきけ浄土立山の弥陀如来わがおもふ人はなしとな言ひそ

はげしさよ思ひよわるの身も捨てて雪に祈らん食も断つべし

中の軸「早百合の最期」

天正十三年二月。戻りし殿に讒言せし者あり。曰くわれに密通の不義ありと。殿怒りすさまじく、わが髪つかみ神通川の辺まで引き出したり。

神通川のほとり榎《え》の枝《え》は揺るるのみ吊るされて叫ぶ声のゆくへは

くろ髪は根にも届けり吊るされて縋りつくわが生とはなんぞ

いま逝くか花と見まがふ徒雪《あだゆき》のなみだとともに溶けみだれつつ

吹きすさぶ白魔とならん顔も身も永遠《とは》にいだかれ溶けゆくを否む

滅びゐんわが身咲くころ黒百合の峰に咲くころ朽ちゐんぞ佐々

平等院の雲中供養菩薩たち

鑿《のみ》を手に雲の楽師を彫りすすむここ定朝の工房なりき

工房は木の香りしてかんな屑のこぎり屑のうづたかきかな

師定朝われの不備なるみほとけを玄翁《げんをう》もちて叩き壊すも

やうやくに菩薩数体彫ることを許されてわがかんばせ熱《ほて》る

簫《しやう》を吹く菩薩を彫るはむづかしくわれも雲乗りそを聴かばやと

桃花や琵琶もつ人の弾き語りうつくしいかな雲の辺《へ》にゐて

雲居より笙《しやう》を吹きなし降り来るはやすらぎ深き菩薩のひとり

箜篌《くご》弾けば絃《つる》より花の調べ染む桜しらじら雲にぞ見ゆる

琴弾きのあふるる音をたとへまし枝垂《しだ》れしだるる瀧桜これ

むらさきの雲路に誘ふ琴の音と花に塗《まぶ》れて游《あそ》ぶ菩薩ら

うで組みてわれを見下ろす師定朝うなづきもせず否とも言はず

きんきんと均子《きんす》に撥を叩きゐる天上の楽をたのしむ菩薩

桃いろに夕明かりする雲彫れば菩薩は踊るその雲の上《へ》を

最後の一体菩薩彫ること許されず俺の仕事と師は睨みつけ

彫り進む師の神業の指ありぬまさに菩薩は生きゐるがごと

花浄土楽《がく》のひびきに誘はれて菩薩なめらに舞ふ花浄土

破　門

——円山応挙画《藤花図屛風》奇談——

今はむかし円山応挙の弟子筋にひとり破門の女《をみな》なるわれ

想ひ煩ひ師を誘ひぬる夜の更けの降り積む雪のその重さかな

師に絡む顚倒夢想《てんだうむさう》の狂女なりと門弟らみな謗《そし》りぬわれを

絵の破産しぶきあげたる筆のなかに力なく座す破門知りし夜

雪降りの京に素足を冷たくし師の破門とくを祈り待ちたり

妻をもつ師と知りながら幾冬の明くるを思《も》はばさびしからじか

玉の緒の乱れも知らずひと待てば緒は藤づるか髪か見分かず

梳くたびに髪は変はりぬ濃《こ》むらさき薄むらさきの花の藤へと

百垂《ももた》りの千垂《ちた》りの藤の花波に溶けつる吾や雨と消《け》ぬべき
藤花や零れて匂ふわが腕をゆめにと取りてゐがけるは誰《たれ》

料亭「酔雪楼」の料理人

世は明治二年の真冬、雪もなくここ「酔雪楼」を継ぐ者もなし
遺《のこ》るものは食客一人を志士と知りかくまひし子の血の包丁よ
たたむ店の暗き厨《くりや》に一人ゐる今日を限りの贅尽くさんと

老ゆる身の肌の色なす凍豆腐煮ゆく間息のおとのみが聞こゆ

淡雪の音せで降るをたとへとし子に山芋を摺るををしへき

水桶のコハダを出してさばきゆく寒々とせるくりやの隅に

かつて子の手に載せしめぬ鉢皿の仁清焼につぶ貝を載す

刃先より生絹《きぎぬ》あふるるここちしてそは湯葉と知る晩のまぼろし

蕪菜《かぶらな》を茹でて摑むに箸のさき湯はたちのぼりやがて消ゆるを

紫蘇なびくあかき浮香の世界より酔はされし梅を一献に出す

酒なきを天より酌まん冬北斗いまは亡き子と今日が呑む日ぞ

絵扇「黒鶴」

凍て凪にふとかすかなる細音《ほそね》ありけぶる雪のま鶴降り立つは

降り立ちて雪の垂簾《たれす》をひるがへすあなうつくしや黒鶴の舞

越前のまぼろし加賀のゆめたりし雪譜のなかの黒鶴に逢ふ

白鶴にあらで灰めく風切りの羽根のつばさを筆細うして
雪舞ひに毛づくろひする黒鶴の立つらん脚を緋《あけ》に塗らばや
虚空あれ　わが絵扇を飛び立てと黒き一羽の鶴を描きぬ
手にならす扇の風を棲家とし今し飛び立つ黒鶴一羽
絵扇をたたみゆく間の夕暮は小《ち》さき羽音の鶴去るがごと

梅樹四季十六面図襖絵

かつてわれ画壇派閥を作り来しにいくつ否定に弟子死なしめつ

弟子の自死をひた隠し来て二十年病の果てにおのれ見るべし

名にし負はば花儒者梅よひと殺し恨まるる身に美や適ふべき

死なしめし弟子の眠れる寺の戸をわが描《ゑが》くこと罪かさね罪

序の間「春　――野梅」

春の戸をおしあけがたのゆめに顕《た》て嵐が園の梅のまよひ路

月より雨の降りくるものか透かし見なば枝々の間は白《しら》し梅の花

咳き込めば咽喉《のみど》砕くる巌のごと響けば胸の海の荒れにき

死ぬといへどそれも一つの達意なり筆たてて知る久遠《くをん》への道

弐の間「夏――白玉梅」

いかづちは花のうへにぞ落ちにけり葉風はやみて匂ひのみ光る

凄雨《せいう》夏の梅がこずゑを打ちたたき打ちたたきつつ緑をしぼる

そそく雨に梅が葉露はこぼれこぼるうちらの空は消えつ映りつ

苔むして緑柱石《ベリル》のごとき樹皮ありぬ薄暗がりにしつとり硬く

参の間「秋　――養老梅」

乾き渇く終はりの夏の梅が葉は夕暮の日に垂れて力なし

梅見れば秋を薄まる若きえだに老緑《おいみどり》濃き春の来るらん

引き入れし梅のえだ線の狂ひには痙攣の眼のたしかさが見ゆ

秋から冬へ古枝《ふるえ》落ちたる寒き跡に花芽も見えず雪降りにけり

終の間「冬　――月世界梅」

凍る夜の閉ぢし戸にきくふすま風空の箔散るゆきの外《と》の面《も》か

点々と動悸の跡を辿るかな血はやはらかく絵皿に達す

指の震へとまらずなりぬこの夜更け息きれぎれに室をさまよふ

わが弟子も梅の仙姿を愛しけりこよひ吾《あ》は逝く春近き寺

風が開けて幽邃夢幻花の銀花のふすまに死体晒すな

梅のある山水といふはほの霞む香りにたちて身の終はる場所

血を吐く声閉ぢし襖の向かうへと夜音《よと》の遠音《とほと》に混ざりゆくらし

桜と春草のための大屛風歌

蝶の羽《は》の濃きくれなゐの早桜春こそひとをいそがさずあれ

麓まで尾の上《へ》の桜ちり吹きて二人の部屋を染め上げてゆく

桜咲く遠山の暮れ見つめゐる絵を描く君とそを詠ふ僕

散るを受けよ 桜颪《さくらおろし》の山もとは風に開かるる金屛の夕

月浮けば月をめざして舞ひあがるさくらも人も清水の春

呑む酒が桜色にぞ染め上げし夜風に胸をさらす二人よ

ねむりゐる友の指先がつと触れぬ紅掛空《べにかけそら》に雨降りそめぬ

うちふるふ桜の朝のうすもやに昨日《きぞ》の夜散れる花雨《はなさめ》を知る

ともに見し京の桜の散るゆめの二十五にして絵と果てし君

芸大を中途に出でて師を誇りその放埓は憎まれて死す

花舞ひのしづかなる中君が遠くこの花舞ひを描きし目を追ふ

星水《ほしみづ》をうち霧《き》らすがに桜ばな夜々のしらめきやまずなりぬる

乱れ散る流星の尾のしだり尾のながながと咲け桜花びら

ふと影にさくら沈めり怖れつつ見上ぐるそらに雲ひとつなし

さくら花散りぼふまぢか夕暮のまぢか光をなぜ荒らしゆく

むらさきの香り尽くして暮るる春 桜空《さくらぞら》とは呼ばざれど美《は》し

草朧《くさおぼろ》ひかりむなしくたたしめて雲と煙を混ずるがに燻る

追想にまざりあひ散る桜花ここだ悲しといふ日に散らで

こは魂《たま》と憎く愛しき魂なりと死に捨てられて一人詠へる

第四楽章　Adagio misterioso - Più allegro fantastico

ヴィラ・アドリアーナ

さまよういとしき小さな魂よ、
私の肉体に仮に宿った友よ、
おまえは今どこへ旅立とうとしているのか。
蒼ざめて、冷たい、裸の、小さな魂よ、
今はもう、昔のように冗談を言う力もなくて、どこへ行く…
（ハドリアヌス帝の詩　藤沢道郎『物語イタリアの歴史Ⅱ』）

何か崩る身にまだ残るみづ止めてハドリアヌスを逐ふてふ思ひ

水止めて枯らすティヴォリの蔓穂蘭《ツルボラン》あすこのヴィラを去りゐるならめ

アンティノウス、君はローマの朝霧を疾《と》く駆けゆくか駿馬濡らして

帝国の死と引き換へよ少年の死とヴィラにして沈むわが身を

かの文人キケロが書きし『友情』の苛立たしけれど『老年』も読む

柱列のかこむアポロの泉より死に命ずれどおとづれもせず

老ゆる身を突き刺してくれる敵もをらず臣もをらざり石のテラスに

劇場にひとりソフォクレスを演じゐつ希臘《ギリシャ》のひとは仮面このまじ

みるみるに空のかがみの歪みゆき池のアテナを紫電撃ちぬく

コロッセウムを白《しら》めく月の影とせよ世に満つるなどあるべきにあらず

ラフカディオ・ハーンの主題による変奏曲「青柳のはなし」

青《あを》柳《やぎ》

人にあらぬわがあさましの身とは知れ神よこの身に契り許すか
髪梳けば絶えず春より糸のごと乱れ交じるは身の柳かな

顔うつす凪の川面はかりそめの顔うつすとてうつしみ柳

友忠よわれは木の精なればこそ切られて枯れて生全うす

身はたとへ野辺の柳と朽つるともわが友忠に想ひ変はらず

友《とも》　忠《ただ》

苦しみの声かきわけて己が妻はたりと切れし身を抱きゆらす

青柳よなぜ死にしかはわれ遺しなぜ死にしかは口惜しや君

さみどりに嵐ふきなす柳下こころもしのに青柳を恋ふ

青柳よ君木隠《こがく》れて生きしかとわれ悔ゆること遅すぎたりし

つぎの世は君草木《さうもく》に生まれずて刺せば血を噴く人と生まれよ

ラフカディオ・ハーンの主題による幻想曲「衝立の乙女」

篤《とく》　敬《けい》

嗤ふなら嗤へよ愛を衝立の乙女に捧ぐ笑《ゑ》まへ笑《ゑ》まへと

乙女子を衝立の内に封じけるその絵描きをば探さねばならぬ

衝立の笑まふ乙女の全身像薔薇咲きほこる生《なま》しさやある

人言ふに願ひ願ひて名を呼ばば乙女は出でん薔薇の衝立

恋ひ恋ひて願ひ願へば衝立ゆ腕をのばして女《をみな》は出でぬ

千年の恋の契りを誓ひてしわが衝立の女さすりぬ

衝立の乙女

篤敬がわれを見てゐる一枚の衝立ごしは絶望の壁

篤敬よわれに名前をつけておくれ衝立ごしに名を呼ばば呼べ

想ふとも恋ふとも逢へぬものなればこの衝立は恨めしくして

篤敬よ想ひな絶えそ薔薇薫るわが衝立をたぐり愛《め》でくれ

千年の恋の契りはなからんにわれ強《し》ふるかな篤敬の愛に

衝立はふと軽くなり絵のわれは腕いっぱいに篤敬を抱く

ラフカディオ・ハーンの主題による夜想曲「雪女」

巳之吉《みのきち》

幾年か経にけん春の日に逢ひしお雪とふ名のうつくしきひと

珂雪とは白き瑪瑙ぞ銀白の袖にほほゑむお雪のまなこ

産みつぎて十人の子を君愛《め》でき妻お雪の子かんばせ白き

お雪お雪きみに恋して十年《ととせ》なるを雪を被《かづ》かぬ君が髪かも

ある夜われはだれの奥に見しものぞ花弁雪《はなびらゆき》のごとき雪女《ゆきめ》を

お雪ふと雪女の顔になりにけり氷れる涙こぼしてをりぬ

雪解風《ゆきげかぜ》雪女の妻の身とは知れその身が溶けしさびしさの果て

お雪

洩らすなよわが雪女とのこの逢ひを永遠《とは》に凍てさせ君が心に

雪銀華こずゑに咲ける冬の夜を訪はば訪へかし巳之吉想ふ

餅雪の肌に身を変へ巳之吉をわが想ふ人を訪《とぶら》ひたりな

巳之吉がわがあさましの身を語る黒雪凝《ここ》る心地こそすれ

しあはせは軒にゆき垂《しづ》りするごとく音たて崩る口惜しや君

秘めざれば君凍て死ねとわが言へど子を愛でしれて我ら来しなり

知らるればわが身吹雪と消えにけり雪女の業のかなしかるらん

風流天子徽宗皇帝

一一二六年、靖康の変起る。女真族の金は都開封を陥れ、上皇、皇帝、妃、皇女ら三千余人を捕虜として国に連れ去り、ここに北宋は滅亡した。芸術家皇帝徽宗は中華史上異彩を放つ天子である。国宝《桃鳩図》は、その怖ろしく丸い瞳に、美と滅んだ皇帝の最期を透かして九百年。かつて図を手にした室町幕府三代将軍足利義満は徽宗の亡国をどう見たか。

徽宗死してのち二百年にほんなる亜細亜の枝に《桃鳩図》来る

徽宗筆《桃鳩図》その見ひらきし眼よ眼よ「朕の眼にかへて見よ」

「美と滅ぶ国のあらぬはむしろ憂し」徽宗画ひろげ義満は云ふ

滅ぶ日も都は繁盛せしといふ宋こそビザンティンに比す虚美の国

病む眼には花鳥乱るる庭もあらじ連れて来られし北寒の城

桃咲かぬ凍てし孤城の赤雲の照り合ふ空にみやこ偲《しの》はゆ

瘦せ凄き書と宦官ら誉めしもの眼を喪へば滲むほかなし

描かされて売らるる知らずあるかなき蛮野の花をなみだと写す

みづ氷り墨する術は無かりけりなみだに溶きて筆に刻みき

酷寒の城に散らばる筆のなか配流の天子死にたりと聞く

《桃鳩図》手に入れしより夜半見れば鳩の瞳に涙しうつる

正倉院物語

崩御を前にして宝物を愛でる聖武太上天皇

木画《もくぐわ》紫《し》檀《たんの》棊《き》局《きよく》

来朝の碁盤に深夜目が覚めて一打ちせんと石にぎりたり

相手をらぬ一打ちにして手ににぎる石よ虚空に火花散らせよ

紅牙紺牙撥鏤棊子《こうげこんげばちるのきし》

花喰ひの鳥ら描かれて碁石あり一打ちの音にはばたけ空へ

はばたけぬ鳥ゆゑ持つにふさはしき鳥紋碁石うるはしくして

金銀平文琴《きんぎんひやうもんきん》

わが病治まれと願ひ皇后と和して弾ずるこの平文琴

琴の音よ峰に立つ風ふき添へてつま弾かんとす病祈願に

螺鈿紫檀五絃琵琶《らでんしたんのごげんびは》

琵琶の音鎮めがたきを鎮めんと病に向かふ朕と皇后

掻き鳴らす音狂ほしく手の撥に血の滲むほど憑かれ弾かばや

平螺鈿背八角鏡《へいらでんはいはつかくきやう》

手に取れば螺鈿の鏡うつしだす大仏殿のしたの亡者ら

大仏を映すことなし螺鈿鏡いかにいかにと問ひ続くれど

雑色瑠璃《ざつしよくのるり》

ひきかへに魂《たま》をさしだし朕愛すやまひの床の雑色の瑠璃

雑色の玉を握る手ひどく痩せてとり落としたり風に散りゆく

瑠《る》璃《り》杯《はい》

いつそ毒でもなほ治まらぬわが病青き夜光の杯に盛れいま

瑠璃のぞくこの目に杯は血を湛ふ朕の病はすすみつつあり

迦《か》楼《る》羅《ら》伎《ぎ》楽《がく》面《めん》

大仏開眼その下に舞ふ迦楼羅迦楼羅わが身滅ぼす火は近づきぬ

迦楼羅面付けしわが身を夢に見き今は薬師も観音も要らぬ

鳥《とり》毛《げ》立《りつ》女《ぢよの》 屛《びやう》風《ぶ》

皇后にあらぬ仙女の麗しく屛風より手を出だし来ぬれば

仙女来てわが死に顔を覆ふかなくれなゐ深き羽衣もちて

聖武帝遺愛の宝物を納める光明皇后

国家珍宝帳《こくかちんぽうちやう》

聖武帝を愛す愛さぬわからねどこの宝物をひとり納めぬ

宝物にて人の遺しし哀しみはいづへより来んいづへへと行く

麝香皮《じやかうひ》

麝香皮を焚いて供養となさんべし聖武の帝へわが籠り居に

強き香りに涙流れてせきあへぬ玉散る袖をわが初《そ》め知るは

楽毅論《がくきろん》

書をなせば涙こぼれぬ藤原の女と生きし皇后われは

唐の太宗王羲之《わうぎし》の書を墓に容れ永遠《とは》を得たりきわが身ともがな

髪《かみ》　鬘《かづら》　――芥川龍之介著『羅生門』異談――

かの事が起こつてから、幾十年の歳月が経つたのであらう。最近、人づてに聞く話では、羅生門の閣の上に死人を捨ててゆく者が後をたたないらしい。先に獲られとうない。先に獲られとうない。

かづらかづら絡む鬘をさがしもとめ雨降る羅生門に昇りぬ

濃き髪ぞ悦ばしきや温《ぬく》し温《ぬく》し耄りては絡めからめては抜き

＊

婉前

羅城の門は、天元の頃、かの御堂関白《みだうくわんぱく》藤原道長公の御父君、兼家大入道といふ方がまだ右大臣でゐらつしやつた頃、天変の凶災が起こり、猛だけしい暴風が打ちつけ、半ば崩れ落ち、ますます朽ちてしまつてゐた。円融の帝が、内裏の焼亡に心を痛めてをられた折でもあり、門を守護する東寺西寺の僧らも兼家公にとりなして、なんとか門を都造営の頃の偉容に戻したいと願つてゐたが、右京でさへ捨て置かれた有り様につけ、そのやうな願ひなど叶ふべくもなかつた。

後久しくして、牛車の音、物売りのこゑも遠く絶え果てたやうだ。洛南の昼は、物乞ひに溢れ、夜は盗賊の類が跋扈する。この門から朱雀大路に入らうなどといふ者は誰もゐない。禁も取締りも破り放題。宮城の内といふのに、近くには田畑を耕す者さへ現れ始め、じめじめと湿つた場所と化してしまつた。不衛生な汚れた家々に、軒忍の草は生えるにまかせ、八重葎は傾く柱にまとはりついてゐる。
五条あたりだらうか、小路を抜けたあたりに、女が住まつてゐた。もし仮に、その女が私だとしたら、都にこのやうな風聞が流れてゐたと想像するに難くない。

破《や》れ果てし築地塀《ついぢべい》あり蔀《しとみ》ありたそがれの月うすく照らして

さびれゆく右京のひがし襖戸を真昼も閉ぢて麝香焚く家

わが梳きぬる髪は麗《うらら》なむらさきの孔雀の尾たれ九尺《くしやく》の髪よ

黒髪に薔薇《さうび》のあぶら馨りしをわれの誇りとなして生き来つ

宿曜師を呼んで占はせたところ、その者の結果では、西方白虎参宿の方角から見目麗しい男が現れるといふ。するとどうだ。真となつた。

漆箱に髪を納めてねむるてふ夢占《ゆめうら》のすゑ逢ひし君なれ

うつくしき朱塗りの櫛に黒髪をけづらせて夜の男《をのこ》を待ちぬ

わが髪に絡めて指がかきやれるうばたま闇の男のしぐさ

しどけなき寝くたれ髪を相見つつ含み笑ひき几帳《きちやう》の陰に

煩悶

ケエェエ、ケエェェと集ひ来て空を黯《くろ》く焼く朱雀大路の夕闇鴉

闇に浮く眼は爛々と鋭《と》かりける羅生門下の餓ゑ狐たち

韓郷《からくに》の珊瑚枕にゆめを見きをのこが我を捨つる夢なり

任国の妻との別れ誓ひける君ゆゑわれは待ちて過ぐすを

久しかる波の便りに寄せて来て別れ滲ます汝《なれ》が筆あと

黒き扇がばさりと披《ひら》き舞ひ落ちぬふとしも髪の束は解けて

女郎花咲きみだれたり血眼草《ちめぐさ》と呼ばるる花を手折りぬ強く

青き蛾の紙燭《しそく》に寄れば灼かれつつ闇に金粉羽撃《はばた》きやまず

狂焔

私を捨てるといふ男がとても恨めしく、かつ狂ほしく、何かものが憑いたやうな心地がする。眠れない。明け暮れの手鏡が映したのは、かの清姫が美僧安珍を追ひ廻し、紅蓮の炎を噴きながら、呪ひ殺めようとした如き貌である。髪は気を吐いて、散りぢりに乱れた。

頭《づ》に潜む龍蛇うごめく薄月夜かの清姫のひと追ふ髪よ

臓《ざう》に深く血の玉黯《くら》く固まるを誓ひ忘るるきみに見せばや

逆髪《さかがみ》を振り乱しつつ叫びつつ汝《なれ》に詰め寄る油月の夜

怪しく輝く月の光に、ふと男を殺めよといふ声がした気がする。これが現実なのか、幻なのか分からないまま、ただその声の先に月に照らされた男が立つてゐて、

簪《かんざし》に幾度刺せどもすでに絶え血を噴くならずしののめの壁

愛しさが髪に与《くみ》して巻きつくや首すぢほそき男に絞めて

髪に絞めて紫紺の筋がつよくのこる首なまなまとほの温かく

きみの髪抜きつつわれは添ひ寝をす枕骸《ちんがい》なれど美《は》しき男と

零落

検非違使《けびゐし》ら許さで済まぬわが腕を牢にくくりて髪まで削ぐに

毟られて白髪と変はるわがあたま京の民らは嗤ひつつ往く

隠し持つ鏡まざまざと映しだす疾《と》く皺垂れて老いゆく頰を

行き暮れて幾度見たるか羅生門わが逐《お》はれし身待つ人もなし

夢に鬼が行方あてなきわれのため売れと髪を与へくれにき

第五楽章　Languendo - Molto agitato

杜若姫の物語　——『伊勢物語』第九段より

九重《ここのへ》にあそびし君をわすらえず三河のくにの八橋に追ふ

業平の君を尋ねて追ひつけず十《と》朝《あさ》十《とを》夜《や》を沈む思ひに

君去りぬ先を急ぐとむらさきのかきつけ花の消ゆるはやさに

淵が花かきつばたこそかなしけれ破らるる恋すべきにあらず

あな神よ都へ帰るちからなし願はくば身を花と変へたし

文書きつはたして君は手にとるやかきつばた咲く池に結ばば

かきつばたといふ五文字を句の上に据ゑて

かのひとに来《き》しと伝へよ尽きはてて花の魂《たま》にも恃むいまかな

なんとなく魂離《たまが》れゆけるここちあり水の中にて衣は軽し

かへで姫の物語　――『伊勢物語』第二十段より

いまここを宿世《すくせ》と決めて啼く蟬の声焦がすまで君を待ちぬる

来ぬ君よわが身は恋の空蟬《うつせみ》の夏終はる樹にひとりのこりぬ

錦織ることしの紅葉目にも見で深まる秋もきみを待ちぬる

緋の色に燃えよ紅葉よ都には妻ゐるきみと知れどくるしく

紅葉《もみぢ》黄葉《もみぢ》われを訪《と》はざる業平の君のこころもうつろふ色か

泣き濡れしわれに紅葉よ降り積もれ叶はぬ恋の赤の葉数ふ

君来《こ》よと祈る契りのちぎれちぎれ定めなき世を散るもみぢ葉よ

春の楓まだ色濃くてわれの手は終はりし恋を探すごとしも

君待つ間ゆびふと見れば血より濃き楓《かへで》椛《もみぢ》の葉に変はりゐし

腕は枝に手はもみぢ葉になるわれを悲しくゆらせ業平のきみ

ほたる姫の物語　――『伊勢物語』第四十五段より

夜もすがら契らんことを願ふとて蛍よりけに燃ゆるつれなさ

業平の君を待つ夜の指折りと星の数とぞいづれか多き

待つ宵のあはれ蛍を両の手につつみ漏らさじされどあふるる

叶はねば朝まで咲かぬ露草のつゆの恋とぞ忘れしものを

朝《あした》咲き夕《ゆふべ》は消ゆるつゆくさは病のわれの命にも似ん

晴天に氷凝《ひこ》りするこの露草のあさの色をば忘れずあれよ

病得し恋の終はりはつつむ手の朝の蛍のごとくあれかし

魂染《たまぞ》めのほたるの光満ちあふれ伝へんとせよこの恋のこと

死後われは青き蛍よ業平の君によりそひ光るをゆるせ

雁待つ姫の物語 ——『伊勢物語』第十段より

雁来月《かりくづき》雁行く月のとほき間を業平のきみ待てど来まさぬ

雁や雁ほしのねぐらに帰るなりつら並《な》めよ夜が瞬くまへに

夕燃ゆる峰のかなたへ行く雁に業平のきみ来《こ》よとたのめば

わびしとて武蔵野の野に爪弾けば待つ夜深まる琴十三弦

照るたへの光に濡るるつばさもて満月めざす雁の一群

峰こえて月の海へとはばたきし雁よひかりを浴びて舞ひゆけ

潮泡《しほなわ》が巌にくだけてたかく散る月の海へと達する雁なれ

月光が雪とし降れば業平のきみ沓はきて吾をとぶらへ

明るたへ水晶の月山に出づ業平のきみ待てど来まさぬ

つゆ姫の物語　――『伊勢物語』第六段より

業平の君と手をとり逃げ来《こ》していかでこの恋遂げられんかな

草々を伝ひ落つるはなにならん露とこたへし業平の君

舞ふ露はかぜに吹かれてうつくしきそのなか虹の輝きぞある

行く道の草葉に洩れる白露をともに見しこと夢と忘れず

ともに逃げし雷の夜の雨風は恋ゆるさじと激しさ増して

我は知らぬ鬼ゐることのざわざわと雷雨の夜をただに怯ゆる

守らんと我をのこして弓を張る業平の君焦がれつつ待つ

露と落ち露と消えにし我が身かな鬼が花喰ふごとく喰はれて

露しげき夏草の野に寝ころびて笑ひ合ふこともえ忘るまじ

第六楽章　Finale, andante pastorale

ラプソディーとセレナーデ

ときを経て想ひ変はれとブラームスを縺るる指の嬰へに始む

Rhapsody《狂ひ死ぬ》曲とし読めば苦しさに師の妻を逐ふ若きブラームス

小夜曲《セレナーデ》と甘噛むごとく名づけ得ず指に連符のくるしさを打つ

彼が生き僕が生きたる交はらぬ指は弾くのみ苛立つまでに

ディミヌエンドとあれど思はぬ強さにて夕紫を急ぐ昏さよ

♮《ナチュラル》の譜面のインク滲みゐき戻し得ず戻り得ず弾きゆらぎをり

ドルチェへとやがて友へと変はりゆく想ひ明かさぬ音と知れども

カリフラワーを夢みて、脳は

リハビリを兼ねて始めし農業のおろおろとして鍬《くは》も隣家も

うつ病の脳に似てゐるカリフラワー血は巡らずに陽に透けてをり

白き車体にカリフラワーを敷き詰めしダリよロールスロイスを停めよ

陽を厭ひ葉のカーテンに引きこもるレタスにさへも芯ありとせば

めぐる季よプリマヴェーラよ今しばし吾に復活の春待たしめよ

瀲瀲《れんれん》と水にいろ溶き春の木々れんじやくは緋にせきれいは黄に

蜜の春アップルグリーンのメジロをり花の匂ひの酸つぱさのなか

夏みかん畑にかじればシュピしゆパと鳶の子が巣に吾を笑ひぬ

頬ずりし吾はプにぷニョ鉢を撫づ待ち眺めたる芽の落花生

じゃがいもの肌の白さのハクハクと育ちたりしを茹でこぼしをり

照るナスの幾億キロの太陽の黒点三つ獲りしよろこび

天《そら》に零れて翠《みどり》の星の瞬《またた》きのオクラの夏の夜の短さよ

大きシャベルにギャりぎャり掘れど粗金《あらかね》の土は牛蒡をひたと離れず

人参を〈karoto〉《燃ゆる》火と視し希臘《ギリシャ》びとその熱を播け種にぎる手に

藁のうへに雉立ちて啼く天蓋を落とすがごとしその嗄《か》るる声

トマト畑に突如聳《そび》ゆるベルリンの壁あり赫《あか》し発作に倒る

椅子にさへ座れずなりぬ這ふ床に埃を紡《つむ》ぐ蜘蛛ひとつ見ゆ

トラとウマの別《わか》ちを識《し》れど発作つよしウマ来《きた》りトラ来《きた》り脳を踏み裂く

深夜けたたましく電話鳴りたり烏羽玉《うばたま》の上司の嘴《くち》に罵倒は続き

震へつづけて二時間が経つ通話口怒声はやまず痛む眼の膜

しらたまの胃液出尽くす朝四時に飴の食事の三日をおもふ

夢もなほ開く目にさへ映りくる上司剝く歯が噛み割るパソコン

窒息は人目に触れておこなへと潜水服の講演者ダリ

電車にて立ち眩むまま溺死せり辞して帰る日シャツに吐瀉《としゃ》して

うつ病を心の風邪といまだ言ふ誰かの胸の骨を折りたし

〈激夢《げきむ》〉とふ果てぬ務めを覚めてすら首は鉄輪に噛まるるごとし

拉丁《ラテン》語にカリフラワーは「茎」とありやよ折れクキッと癒えぬ首ゆゑ

消毒器背負へば重しゴルゴダのイエスは説けど手には植ゑざりき

キリストは剝き身をさらすあをじろきキャベツのあばらに透けし細骨

人参の毒の死を待つソクラテスわれはうつとふ毒を耐へゆく

解説

大塚寅彦

鷺沢朱理は中部短歌会の新人賞を平成十九年に、そして評論賞を平成二十七年に得ている。新人賞の「詩は絵のごとく」には、本集の巻頭作「濃姫」や「雪豹」などに入っている歌がほぼそのままにあり、この作者の歌が初めから出来上がったものであったこと、そしてこのユニークな作風が強固な確信のもとに生まれ出ていることが評論からわかる。

その「ユニークさ」は歌壇広しと言えど今のところは彼にしか見い出せない類のものである。歌集名は「ラプソディーとセレナーデ」、章立ては「第一楽章」で巻頭作は「四曲一隻屏風『濃姫』」、そして導入の数首があって「壱扇『輿入』」で連が始まる。読者の中にはその時点で混乱する人もありそうだ。

「国宝の玻璃割る美学」と追放の修復師われの末路わらふか
おさへきれずある夜化粧《けは》ひて濃姫の屏風と語れり姫は語れり

どうやら屏風絵の修復師が連作の主人公であることがわかるが、通常の「設定」ならばその修復師の主観でもって連作が展開されるところ、「壱扇『輿入』」からは主体が屏風絵の中の「濃姫」、つまり斎藤道三の娘で織田信長との政略結婚を余儀なくされた女性に移る。

突く喉は父か夫かはたわれかその刃螺鈿の黒銀《こくぎん》に濡れ
花薄《はなすすき》その銀海に風たてば輿とふ空《くう》なる舟も止めたれ

政略結婚ではあるものの、いざとなれば信長をなきものとする密命を父から帯びるが、その短刀は父に向うかも知れないし、自害の刃となるやも知れぬ、というドラマチックな場面が「螺鈿の黒銀」など美しい色彩で描かれる。屏風絵という設定があるからこそ絢爛たる語彙が浮き立たない。その後連は信長のことになり、父と兄の相克のことになり、織田による美濃攻めの「稲葉山城炎上」というクライマックスになだれる。

紅蓮や紅蓮燃えて帰蝶は亡き父の山城たかく灰と散りたし
絵筆散る床を踏みしめ部屋を出づ背後に屛風花落としたり

「帰蝶」は濃姫の名の一つで、ここでは蝶のイメージと父の城の炎上の、燃える灰のイメージにつなげてある。そこまでの黒や銀のシックな色彩で来た流れに、クライマックスに紅蓮の炎や桜の散華の烈しい色彩を配するのは意識的な技巧だろう。最後の方は修復師の「うつつ」に帰り、劇中劇的な構成を締めくくるのであるが、もちろん作者鷺沢は修復絵師ではないし、屏風もおそらく実在しない。

読者は虚構の多重構造の中に溶かし込められているであろう、作者の中の「帰蝶」と呼ばれた女性の悲劇への共鳴を読み取り、さらに屏風絵の絢爛たる幻を共に思い描いてそこに浸ってみるしかないのだが、それはかなり読者を選ぶ世界ということになる。ここでは最初の「濃姫」について細かく見たが、その後の「海底洛中洛外図屏風」の奇想にしろ、「夢葵」「六条御息所物語」などの源氏物にしろ構造としては同様である。

筆者は最初こうした作品を見たときに「なぜ屏風?」という、まあ誰しも抱きそうな思いをやはり持ったのだが、執拗なまでの鷺沢の試行を見るうちに、様々な一連の画題の展開には古典的な形式としての「屏風」がもっともその世界にフィットするのだろうということが朧げながらもわかって来た。

和歌の世界は古今・新古今の伝統を経て近世へ続く長い歴史の中で、幾つかの例外を除いて「作りごと」としての花鳥風月が詠まれて来た。花や紅葉が辺りに無い季節であっても必要ならば歌にしたたし、実景、実情というものにさほど拘泥することなく詠まれて来たのである。あくまで「ことば」が織りなす世界であり、作中主体でさえ他者に成り代わったり、虚構の人物になることも在り得た。

つまり近代の和歌革新以降に、現実の個体と作中の「われ」との紐付けが強固になされたことによって見失われた膨大な何か、自由自在な「こころ」の住処としての形式が、まだまだ回復されてないこと、あるいは現代において失われた古典的な美意識の復権ということも鷺沢の中にあるのは明白であって、言葉本来の意味に近い些かフェティシズミックに見える拘りによってそれを実現しようとしていると思われる。ＶＲ（仮想現実）的なリアリティを古典的な語彙と形式によって実現したい、そんな意志さえ感じてしまう。

とは言うものの、「鳶ヶ崎の二人」や「カリフラワーを夢みて、脳は」のような年若い作者の「実」に近いところで詠まれた作にもその力量は見て取れよう。書道を能くした祖父への思い、きわめて現代的な病である「鬱病」との闘いも、この歌集の中の重要な連作となっている。

中部短歌叢書第二九二篇となる本集『ラプソディーとセレナーデ』に多くの方の感想があることを願って筆を置く。

平成三十年六月二十日

あとがき

かつて歌人長塚節は若き斎藤茂吉に与えた文章で、「今の評論界では只思想の方面ばかり論じて、品位といふ事を閑却してゐる。今の歌界には品位といふものが探してもない。（中略）どの歌もどの歌も皆弛緩して居る。皆ぼくの考へてゐる芸術とは縁の遠いものばかりだ」「僕を満足させる芸術が現はれて呉れればいいと願つてゐる。僕は満足するのではなく全身を捧げて尊敬したい」と語った（斎藤茂吉選『長塚節歌集』解説）。

崇高を希求し、洗練と透徹を目指す魂は一種禁欲的でさえある。現代短歌が《表現》を勝利させ、「芸術」を廃棄したのは、そういった道徳的なニュアンスに束縛を覚えたことも一つにあろうが、まだ短歌が芸術であった頃には、現代が失った細やかな「美」の感触があったと思うのだ。

そんな「美」を生み出すにあたって、作曲家のブラームスからは多作と量産だけが練磨に至る道ではないことを教えられた。当代のサウンドを駆使して古典のまだ見ぬ多面的な潜在力を活かしきるその姿勢からは、学ぶべきものが実にたくさんある。彼の交響曲、協奏曲、室内楽曲、独奏曲などを聴くたび、彼が改訂を繰り返してスケッチや未完成作をことごとく破棄した気持ちが解かる。

ブラームスに倣って私も若書きの未熟な稿は自作として認めず、できたばかりの短歌をすぐに発表するような愚は極力避けている。吟味を重ね、慎重に慎重を期すことの重要性は、結果十首ほどの連作一つにも三年以上の制作時間を必要とさせた。極端な寡作主義もきっと今日の風潮に合っていないのかもしれない。文献資料を収集し、時に現地に赴き、主題・構成の決定から制作・補筆まで時間をかけるのが、私の気質には合っている気がする。

第一楽章は、日本の屛風絵の世界に範をとった。濃姫に関する作品は、二〇〇五年、名古屋市秀吉清正記念館で働いた折、博物館の蔵書や展示品をもとに制作した。自己の作品世界に没入する最初の契機となった連作である。雪豹の作品は二〇〇六年に東山動植物園の雪豹の檻の前で三時間その生態を観察して作った。『源氏物語』からは、光源氏の正妻葵上と愛人六条御息所に取材した。屛風の仕立を採ったのは、美術工芸と文芸の芳醇なハルモニアがかつて存在したことに想いを馳せたからであったが、およそ千年前、紀貫之が完成させた屛風歌の美麗な姿を、現代に蘇らせたいと強く願ったからでもある。正岡子規は貫之と『古今和歌集』を殊更に非難したのであったが、子規の余燼は未だ諸処に在り、画楼聳える文苑で私は、濮上之音《ぼくじょうのおん》を奏でようと自らに課したのであった。

第二楽章は、二〇一三年の学習塾講師退職とそれに伴ううつ病の発症、そのリハビリ過程、祖父の死を詠った。私にとって最も苦しい時期であったが、短歌は不思議と次々生まれ、私をこの世に繋ぎ留めてくれたその恩寵に深く感謝したものだった。

第三楽章では、長谷川等伯に関する一連の制作過程が最も印象深い。二〇〇八年、石川県金沢、能登を調査し、その折、本延寺の住職と等伯について語り合った。翌年は、京都に彼の事跡を追った。二〇一〇年は等伯没後四百年にあたり、東京国立博物館と京都国立博物館で大々的な回顧展が開かれ、彼の絵画に賭ける凄まじいエネルギーに圧倒された。黒百合の作品は、二〇一一年、富山県富山市で早百合の伝説を調べた時のものだ。彼女が引き廻されたという神通川のほとりを歩くうちに、何やら気というか強い念を感じたものである。二〇一四年は二回、宇治の平等院を訪れ、定朝工房作となる雲中供養菩薩を観覧した。日常に疲れきっていたのか、平安時代の面影を残すというその大らかな眼差しに、藤原頼通ならずとも現世《うつしよ》の浄土を垣間見た気がした。

第四楽章は、病床にある三人の帝王、ハドリアヌス帝と徽宗皇帝、聖武太上天皇の述懐が登場する。三人が遺したヴィラや絵画、宝物の世界を堪能していただけたら幸いである。二〇一四年は、ラフカディオ・ハーン（小泉八雲）没後百十年にあたり、彼の『怪談』の怖ろしくも美しい物語に惹かれ、その典雅なる姿を短歌にと、筆を執った。同様に、二〇一七年は芥川龍之介没後九十年にあたり、傑作『羅生門』で髪鬘を作ろうと楼閣上に死人を漁る老婆が、なぜ髪にかくも拘ったのかを、想ってみたかった。

第五楽章は、物語世界を展開する。『伊勢物語』の時空に遊んでほしい。二〇一三年、愛知県知立市八橋で杜若の乱れ咲く姿を見た。在原業平に焦がれ、捨てられた姫の悲嘆は深く、それは楓の段、蛍の段、雁の段、露の段にも通底することを発見した。メタモルフォーズの物語として読むのも楽しいかもしれない。

第六楽章は、第二楽章の続きで、自らの生活を詠んだ。Andante pastorale とは、「田園風に、ゆっくり歩くような速さで」という意味で、亡くなった祖父の畑で、うつ病のリハビリを兼ねて農業を始めた私に合っていると思う。

優美であることはなんら浮ついたことではなく、この病んだ時代に充足の法則秩序としてより強く求められねばならない。典雅であることは、忌むべき傲岸や放恣とは対極の節制の術である。豪華豊麗なものに驕慢や奢侈を見るだけではいけない。現象世界の混乱と猥雑を統御する粘りと張りの業がそこにはある。絢爛なものは日常生活の渇きを潤してくれる。幽艶は現代にも通ず。中村大三郎画伯の四曲一隻屛風《ピアノ》(京都市美術館蔵)のように、古典と現代の輻輳から様式美の至純を見出すならば。静粛なものには刺激がないと皮肉めいた口つきで拒絶するのはやめよう。それは一時的な逃避や休息の場所ではなく、調和と均衡を実践するための積極的な実験の場でもあるのだ。

短歌に《美》を復権しなければならない。葛原妙子は、「歌とはさらにさらに美しくあるべきではないのか」（『朱霊』後記）と問うたが、短歌に於いてその達成はいまだ道半ばであるどころか、美への義絶はますます忌々しき問題に、いや問題にすらされない。だが、私には聴こえる、葛原の悲痛な叫びが。己が心に奔湍となって、激しく渦を巻いているのだ。

さて、ブラームスであるが、楽聖ベートーヴェンを意識するあまり、《交響曲第1番ハ短調作品68》の完成に二十一年もの歳月を費やした。私にとってもこの十数年間は挫折と懊悩の連続であった。ブラームスは作曲の筆を進めるにあたり、ローベルト・シューマンの妻でピアニストのクラーラをはじめ、ヴァイオリニストのヨーゼフ・ヨアヒム、音楽研究家のノッテボームやシュピッタ、批評家のハンスリック、指揮者のハンス・フォン・ビューローなど多くの友人たちに意見を求めた。ともすれば主観に傾きがちな制作行為に客観性を保たせるためであろう。私もブラームスのように制作には厳格な態度をもって臨みたいと願い、所属する「中部短歌会」の会員諸氏や、関東圏・中京圏・関西圏の気鋭歌人の皆さんに作品を評してもらった。謝意を表する。

春日井建前主幹について述べたい。私が「中部短歌会」に入会した年の二ヵ月前に前主幹は逝去し、墓前で対面することとなった。故人を知る会員の皆さんは、建先生が生きていたら、きっと鷺沢さんの作歌を温かく見守ってくれただろうね、とおっしゃってくださる。謦咳に接すること叶わなかったが、いや、それゆえ《情緒の栖《すみか》》と建先生が評した「中部短歌会」を盛り立てたいと思っている。『未青年』の歌人が住まった《美の殿堂》に私も居することができた僥倖に多謝しながら。

最後に、叱咤激励をもって私の歌集出版を後押ししてくださった「中部短歌会」の大塚寅彦代表、出版の労をとってくださった短歌研究社の堀山和子様・國兼秀二様・菊池洋美様、カバー画像を提供してくださった京都市美術館様、歌集制作を応援してくれた友人たち、闘病生活を支えてくださった医師の方々、そして私を短歌という妙なる音楽の道に導き、私の作品の第一の読者でありたいと言ってくれた祖母、幸いなる時も病める時も私の歌作りを温かく見守ってくれた家族に感謝の辞を述べたい。

二〇一八年五月六日

ヨハネス・ブラームス作曲《二つのラプソディー作品79》を聴きながら

鷺沢朱理

著者略歴

一九八二年　愛知県生まれ。
二〇〇四年　作歌をはじめる。「中部短歌会」入会。
二〇〇五年　南山大学人文学部人類文化学科卒業。
　　　　　　専攻は美学・文化史学・博物館学・芸術社会学。
二〇〇六年　「四曲一隻屏風『濃姫』」三十首により短歌研究新人賞最終選考通過。
二〇〇七年　南山大学大学院国際地域文化研究科修士課程修了。専攻は文化経済学・文化政策論。
　　　　　　若手歌人アンソロジー『太陽の舟』（北溟社）に参加。
　　　　　　「中部短歌会」新人賞受賞。
二〇一五年　現代短歌評論賞候補作Ｉ（次席）に入選。
　　　　　　「中部短歌会」評論賞受賞。
二〇一六年　現代短歌評論賞候補作Ｉ（次点）に入選。
二〇一七年　現代短歌評論賞候補作に入選。
二〇一八年　第一歌集『ラプソディーとセレナーデ』（短歌研究社）刊行。

検印
省略

中部短歌叢書第二九二篇

平成三十年八月十二日　印刷発行

歌集　ラプソディーとセレナーデ

定価　本体二六〇〇円（税別）

著者　鷺《さぎ》沢《さわ》朱《しゅ》理《り》
郵便番号四七〇—二四〇五
愛知県知多郡美浜町河和台二—二—三

発行者　國兼秀二

発行所　短歌研究社
郵便番号一一二—〇〇一三
東京都文京区音羽一—一七—一四　音羽YKビル
電話〇三（三九四四）四八二二・四八三三
振替〇〇一九〇—九—二四三七五番

印刷者　研文社
製本者　牧製本

ISBN 978-4-86272-583-7　C0092　¥2600E